AF534496

Du, mein Ein und Alles

Rose Lagercrantz, geboren 1947 in Stockholm, leitete ein Kindertheater und arbeitete für Rundfunk und Fernsehen, bevor sie Bücher zu schreiben begann – besonders gerne für Acht- bis Neunjährige. Sie sagt: »Das Wichtigste, was man Kindern mitgeben kann, ist die Sprache.«
Für ihr Gesamtwerk wurde Rose Lagercrantz mit der Nils-Holgersson-Plakette und dem Astrid-Lindgren-Preis ausgezeichnet.

Eva Eriksson, geboren 1949 in Halmstad, ist als eine der beliebtesten schwedischen Illustratorinnen auch international ungemein erfolgreich. Ihr Bilderbuch *Die besten Beerdigungen der Welt* (Text von Ulf Nilsson) wurde für den Deutschen Jugendliteraturpreis nominiert.

Die Übersetzung dieses Buches wurde vom Swedish Arts Council gefördert.

Weitere Bücher über Dunne:
Mein glückliches Leben (Band 1)
(Nominiert für den Deutschen Jugendliteraturpreis 2012)
Mein Herz hüpft und lacht (Band 2)
Alles soll wie immer sein (Band 3)
Wann sehen wir uns wieder? (Band 5)
Glücklich ist, wer Dunne kriegt (Band 6)
So glücklich wie noch nie? (Band 7)

Ein Moritz Kinderbuch

5. Auflage, 2025

Kantstr. 12, 60316 Frankfurt am Main
info@moritzverlag.de

Die schwedische Originalausgabe erschien 2015
unter dem Titel *Livet enligt Dunne*
bei BonnierCarlsen Bokförlag, Stockholm
Vermittlung durch Bonnier Group Agency, Stockholm

Einbandgestaltung: Norbert Blommel,
unter Verwendung einer Illustration von Eva Eriksson
Druck: Beltz Grafische Betriebe, Bad Langensalza
Printed in Germany
ISBN 978 3 89565 329 2
www.moritzverlag.de

Rose Lagercrantz

Du, mein Ein und Alles

Aus dem Schwedischen von Angelika Kutsch

Mit Illustrationen von Eva Eriksson

Moritz Verlag
Frankfurt am Main

Inhalt

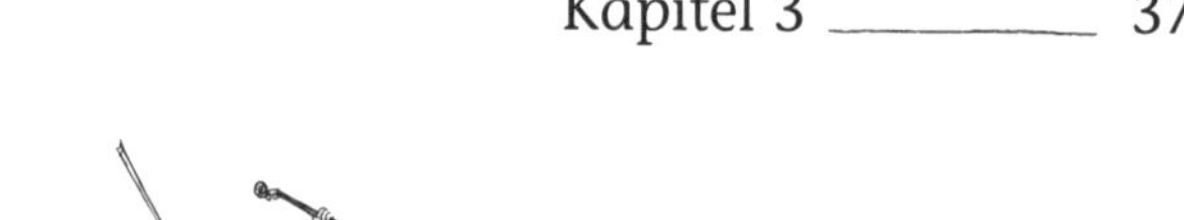

Kapitel 1

Es sind Sommerferien – die allerersten Sommerferien in Dunnes Leben! Dunne wohnt in dem gelben Haus im Hummelweg. Aber dort ist sie schon lange nicht mehr gewesen.
Das letzte Mal an dem Tag, bevor die Ferien anfingen.

An diesem Morgen hatte es auf dem Weg zur Schule geregnet und die Regenwürmer krochen auf der Straße herum. Da hätten sie ja überfahren werden können! Aber Dunne hob sie auf und trug sie zum Gehweg.

Sie rettete neun Würmern und vier Schnecken das Leben.
Nur wenige Stunden später passierte das Unfassbare, da wurde ihr Papa von einem Auto angefahren.
Warum hatte ihn niemand gewarnt? Durch Hupen oder so.
Er überlebte den Unfall, musste aber mehrere Wochen im Krankenhaus bleiben.
Dunne durfte die Ferien bei ihrer besten Freundin Ella Frida auf einer Insel im Meer verbringen. Was für ein Glück!

Auf der Insel spielten sie den ganzen Tag. Sie bauten Hütten, angelten und badeten.
Sie spielen eigentlich immer, wenn sie sich treffen. Sobald sie sich sehen, fangen sie an zu spielen.

Auf der Insel hatten sie so viel Spaß, dass Dunne tagsüber kaum Zeit hatte, sich nach ihrem Papa zu sehnen. Sie badeten mindestens fünf Mal am Tag, manchmal auch sieben Mal.
Ihre Badeanzüge waren dauernd nass und mussten auf die Wäscheleine gehängt werden.

Manchmal pfiffen sie auf den Badeanzug
und badeten nackt wie der Wassergeist.

Das ist der, der in alten Märchen nackt auf einem Stein sitzt und Geige spielt. Jeder, der ihn hört, wird verrückt und fängt an zu tanzen.

Ella Frida spielt auch Geige.
Ihre Mama sagt, dass sie jeden Tag eine halbe Stunde üben muss. Aber wie sollte sie das schaffen, wo Dunne da war und sie so viele Spiele zu spielen hatten! Das war ihnen wirklich sehr wichtig.

Sie hielten auch Ausschau nach wilden Tieren und sahen den Fuchs, der manchmal auf den Klippen saß und über das Meer guckte.

Oder sie beobachteten den Elch, der manchmal durchs Wasser geschwommen kam.

Oder den Seeadler, wenn er über der Insel kreiste.
Sobald er sich näherte, fingen die anderen Vögel an zu schreien.

Seine Flügel waren riesig. Seine Klauen auch!

Wenn sie ihn entdeckten, mussten sie Roy und Partyboy schnell ins Haus bringen. Das sind Ella Fridas Meerschweinchen. Wenn Dunne an ihre eigenen Meerschweinchen dachte, hatte sie Heimweh. Sie sehnte sich nach Schnee und Flocke. Die Armen hatten nicht mitkommen dürfen, sondern mussten bei Großmutter und Großvater bleiben.

Sonst würde es auf der ganzen Insel bald von Meerschweinchen wimmeln, hatte Ella Fridas Mama gesagt, weil sie sich bestimmt vermehren würden.

Roy und Partyboy waren ja zufällig Jungen und Schnee und Flocke waren Mädchen.

Manchmal hatte Dunne auch Sehnsucht nach ihrer Katze.

Jedenfalls ein bisschen.

Am meisten aber sehnte sie sich nach ihrem Papa.

Jeden Abend rief er Dunne an und fragte, wie ihr Tag gewesen war.

Wenn sie miteinander redeten, ging es Dunne gleich besser.

Kapitel 2

Aber eines Tages, als Dunne morgens aufwachte, fiel ihr ein, dass Papa gestern Abend nicht angerufen hatte.
Sie kriegte einen richtigen Schreck.

Ella Frida schlief noch tief. Als Dunne sie anstupste, lächelte sie nur und drehte sich auf die andere Seite.
Und Miranda, Ella Fridas kleine Schwester, die sonst im selben Zimmer schlief, war gerade bei ihrer Großmutter.
Es war also niemand da, mit dem Dunne reden konnte.

Sie stand leise auf und schlich in die Küche, wo Ella Fridas Mama und Extrapapa Uffe Kaffee tranken.
»Du bist ja schon wach«, sagte Uffe.
»Du siehst traurig aus«, sagte Ella Fridas Mama.
»Ja, ich glaube, meinem Papa ist wieder etwas passiert«, sagte Dunne.

»Warum glaubst du das?«, fragte Uffe.
»Er hat gestern Abend nicht angerufen.«
»Wahrscheinlich hatte er zu tun«, sagte

Ella Fridas Mama und machte Dunne ein Butterbrot mit Salami.
Und Uffe goss ihr ein Glas Milch ein.
Aber Dunne war so nervös, dass sie weder essen noch trinken konnte.

Zum Glück dauerte es nicht lange, da wurde Ella Frida wach und kam auch in die Küche.
Sie merkte sofort, dass etwas nicht stimmte.
»Was ist los?«, fragte sie.
Dunne schluckte.
Ella Frida setzte sich an den Tisch und sah Dunne an.
»Dunne macht sich Sorgen«, sagte Ella Fridas Mama.
Dunne schluchzte auf.

»Mein Papa hat gestern nicht angerufen!«
»Das ist aber komisch«, sagte Ella Frida.
»Er meldet sich bestimmt bald«, versicherte Uffe. »Geht raus und guckt nach, ob der Fuchs wieder da ist.«
»Heute nicht«, sagte Ella Frida. »Heute machen wir lieber was anderes. Ich hab's!

Wir schreiben ein Backbuch! Was meinst du, Dunne?«

Und dann fingen sie an.

Das erste Rezept sollte eines für Kokosbällchen werden. Ella Frida schrieb auf, wie man sie machte:

Kauf eine Packung Kokosflocken und tu das, was auf der Rückseite steht.

Und Dunne zeichnete die Bilder. Sie zeichnete Kokosbällchen, die aussahen wie kleine bucklige Berge, und malte sie gelb an.

Dann malte Ella Frida noch ein bisschen braun dazu.

Das sah lecker aus.

Die erste Seite in ihrem Buch wurde sehr gut.

Aber plötzlich war es, als legte sich eine dunkle Wolke auf Dunnes Gesicht.
Sie musste wieder an ihren Papa denken.

»Wenn ich bloß wüsste, warum er nicht anruft«, seufzte sie und schaute aus dem Fenster.

Ella Frida folgte bekümmert ihrem Blick. Auf dem Wasser näherte sich gerade ein Schärendampfer dem Anleger.

Ella Frida schob schnell Papier und Kreide beiseite.
»Oje, Dunne, der Dampfer kommt! Und wir haben mit dem Kaffeekorb noch nicht mal angefangen!«

Jeden Tag um neun Uhr machten Dunne und Ella Frida nämlich einen Korb mit Kaffee, Saft und Zimtwecken fertig. Damit liefen sie zum Anleger.
Um zehn nach neun legte der Dampfer an und blieb nur wenige Minuten, es war also wichtig, rechtzeitig dort zu sein, wenn man Geschäfte machen wollte.
Und das wollten sie. Getränke und Kuchen zu verkaufen, das war ihr Ferienjob, sagte Ella Frida.

Kapitel 3

An diesem Morgen kamen sie in letzter Sekunde am Anleger an. Der Dampfer machte gerade fest.

»Hier gibt's Kaffee, Saft und Zimtwecken!«, brüllte Ella Frida, als die Leute an Land gingen.

»Heute extra-billig!«, schrie Dunne, obwohl die Preise jeden Tag gleich waren. Das war ein Geschäftstrick.

Und schon war der Verkauf in vollem Gang.

Als das Schiff wieder ablegte, war alles weg, was im Korb gewesen war.
Stattdessen lagen lauter Münzen und Zwanzig-Kronen-Scheine darin. Sogar ein Hunderter war dabei!

Ella Frida rechnete, wie viel sie zusammenbekommen hatten.
»Wir werden steinreich!«, stellte sie zufrieden fest.
»Was wollen wir mit dem ganzen Geld machen?«, fragte Dunne.
»Ich dachte, wir fahren nach Island und reiten da auf Islandpferden«, antwortete Ella Frida.
»Das hast du mir ja noch gar nicht erzählt!«
»Hab ich mir heute Nacht ausgedacht, als du geschlafen hast. Gute Idee, was?«

Dunne antwortete nicht. Sie hatte ein bisschen Angst vor Pferden. Die konnten treten.

Aber darüber machte sie sich im Augenblick keine Gedanken. Sie dachte nur daran, was für einen tollen Ferienjob sie hatten.

Kapitel 4

Aber es gab jemanden, der von ihren Geschäften nicht so begeistert war, und das war Ella Fridas Mama.
Sie war es, die den Kaffee kochen und die Wecken backen musste.
Sie musste dauernd backen. Auf der Insel gab es kein Geschäft, in dem man Brot, Kuchen und Torte kaufen konnte.

Als die Mädchen vom Anleger zurückkamen, war sie dabei, Kokosbällchen zu backen.

»Aha, du hast heimlich in unserem Backbuch gelesen«, sagte Ella Frida.

»Nein«, sagte ihre Mama. »Das brauch ich nicht. Ich weiß auch so, wie man Kokosbällchen macht.«

»Dürfen wir mal probieren?«

»Nein, ihr müsst warten.«

»Auf was denn?«

»Das verrate ich nicht. Es soll eine Überraschung werden.«
Ella Frida wurde wütend. Manchmal wird sie das. Richtig, richtig wütend. Und das geht dann auch nicht so schnell wieder vorbei.
Aber ihre Mama tat so, als merkte sie es gar nicht.
»Jetzt nimmst du die Geige, Ella Frida, und gehst in den Bootsschuppen und übst«, sagte sie streng.

Ella Frida ging stöhnend zu dem Schrank, in dem die Geige auf einem eigenen Brett lag.
Niemand außer Ella Frida und ihrer Mama darf die Geige berühren, so fein ist sie!

»Und was soll Dunne in der Zeit machen?«, fragte sie.
»Dunne sammelt die Sachen ein, die ihr überall verteilt habt. Ich möchte, dass es hier ordentlich aussieht.«
»Warum das denn?«, knurrte Ella Frida.

Trotzdem nahm sie den Geigenkasten und trabte damit zum Bootsschuppen.

Und Dunne sammelte alle Kuscheltiere, Bücher, Farbkreiden, Stifte, Kartenspiele und Kleider ein, die auf dem Fußboden verstreut lagen, und warf sie in einen Schrank.

Dann lief auch sie zum Bootsschuppen. Schon von weitem hörte sie die Geige wimmern.

Sie hämmerte gegen die Tür und spähte durchs Fenster. Die Geige verstummte und Ella Frida öffnete.

»Du hast zum Aufräumen aber lange gebraucht«, jammerte sie.

»Ja, das war anstrengend«, sagte Dunne.

»Komm, wir gehen baden«, entschied Ella Frida.

»Aber du sollst doch üben«, erinnerte Dunne sie.

»Ich kann ja beides machen«, erklärte Ella Frida. »Wir spielen, dass ich der Wassergeist bin.«

Sie hüpften zur Badeklippe davon und zogen sich aus.

Bald stand Ella Frida im Wasser und fiedelte wild auf der Geige, während Dunne um sie herum tanzte, als wäre sie verrückt geworden.

Sie warf sich mit dem Kopf voran ins Wasser, sie kreiselte herum und schrie aus vollem Halse.

Aber mitten in einem Sprung hielt sie inne. Am Ufer kam jemand angelaufen. Dunne blinzelte, um im grellen Sonnenlicht besser sehen zu können.

Es war ihr Cousin Svante!

Dahinter kamen Großmutter mit Ella Fridas Mama und Uffe. Das also war die Überraschung.

Dunne setzte sich mit einem Platsch hin. Aber Ella Frida, die dem Meer zugewandt stand, merkte nichts und spielte weiter.
»Ella Frida!«, schrie ihre Mama, als sie ihre Tochter entdeckte. »Bist du total verrückt geworden?«
»Nein!«, antwortete Dunne schnell. »Ella Frida ist der Wassergeist! Ich bin die Verrückte.«

Erst da bemerkte Ella Frida die anderen und tauchte mit erhobenen Armen unter. Nur ihr Kopf, die Geige und der Bogen waren zu sehen.
»Komm sofort raus!«, befahl ihre Mama. Aber Ella Frida tat genau das Gegenteil. Sie ging tiefer ins Wasser, weiter weg vom Ufer.

Und ihre Mama platschte hinterher, ohne sich darum zu kümmern, dass ihr Kleid nass wurde.

»Ella Frida! Bleib stehen, wo du bist!«, brüllte Uffe.

»Nur wenn ihr tut, was ich sage!«, schrie Ella Frida. »Ihr müsst alle weggehen.«

»Warum das denn?«

»Weil es sonst peinlich ist. Wir sind Wassergeister!«

Die kleine Gesellschaft zog wieder hinauf zum Haus.

Svante linste heimlich, aber Dunne schrie:

»Nicht gucken!«

Erst als alle verschwunden waren, kamen die beiden aus dem Wasser, trockneten sich ab und zogen sich an.

Kapitel 5

Bald saßen alle am Gartentisch, tranken Saft und aßen Kokosbällchen. Danach gab es noch Torte.

Großmutter brachte gute Neuigkeiten mit: Dunnes Papa sollte bald aus dem Krankenhaus entlassen werden.

»Da freust du dich aber, was?«, sagte sie und lächelte Dunne an.

Dunne schaute weg.

»Was ist los?«, fragte Großmutter.

»Mein Papa hat keine Sehnsucht mehr nach mir«, sagte Dunne.

»Unsinn«, sagte Großmutter. »Natürlich hat er Sehnsucht! Dein Papa sehnt sich fast zu Tode!«

»Warum ruft er dann nicht an?«

»Er ruft nicht an?«, sagte Großmutter. »Das ist ja komisch!«

»Das ist überhaupt nicht komisch«, sagte Svante.

Großmutter warf ihm einen strengen Blick zu und Svante schwieg.

Aber als Großmutter anfing, mit den anderen zu reden, beugte Svante sich vor.

»Ich weiß ein Geheimnis«, flüsterte er, »aber ich darf nicht darüber reden.«

Er nickte verstohlen in Großmutters Richtung.

»Aha, dann lass es doch«, sagte Ella Frida. »Deine kleinen Geheimnisse interessieren uns kein bisschen, nicht, Dunne?«

»Das ist kein kleines Geheimnis«, sagte Svante.

»Deine halbgroßen Geheimnisse interessieren uns auch nicht«, sagte Ella Frida unwirsch.

Svante tat, als hätte er es nicht gehört.

»Ich kann ja den ersten Buchstaben sagen«, fuhr er fort. »Soll ich?«

»Nur wenn es unbedingt sein muss«, sagte Ella Frida.

Svante beugte sich vor.

»W«, sagte er. »Das Geheimnis fängt mit W an.«

Dunne und Ella Frida guckten sich fragend an.

»Soll ich noch einen Buchstaben verraten?«
Dunne nickte zögernd.
»A …«, sagte Svante.
»W – A?«
Ella Frida fing an zu lachen.
»Meinst du Weh und Ach?«
»Nein, dann kommen nämlich N, D, A!«

Großmutter drehte sich heftig zu ihm um.

»Svante! Hast du vergessen, was du mir versprochen hast? Du solltest Dunne kein Wort von all dem erzählen! Kein einziges Wort!«

»Das hab ich ja auch nicht getan«, beteuerte Svante. »Ich hab nur fünf Buchstaben gesagt.«

»W-A-N-D-A«, buchstabierte Dunne. »Wer ist das?«

»Die Freundin von deinem Papa«, flüsterte Svante.

Das versetzte Dunne einen Stich in der Brust.

Großmutter wurde furchtbar wütend, aber Svante merkte nichts.

»Großmutter und Großvater haben sie schon kennengelernt«, redete er weiter. »Sie ist sehr süß, sagt Großvater. Süß wie Marzipan. Und sie lacht dauernd.«

»Lacht?«, wiederholte Dunne. »Warum lacht sie?«

»Weil Gianni ihr Witze erzählt.«

So wird er genannt, Dunnes Papa. Er heißt Giovanni, wird aber Gianni genannt.

»Ich dachte, er ist krank!«, sagte Ella Frida säuerlich.

»Ja, aber man kann doch trotzdem Witze erzählen, obwohl man krank ist? Außerdem geht es Gianni besser, jetzt wo er eine Neue hat, sagt Großvater.«

»Entschuldigung«, fuhr er mit einem Blick auf seine wütende Großmutter fort. »Ich meine eine Freundin. Großmutter sagt, es heißt Freundin.«

Das also war passiert: Dunnes Papa hatte eine Freundin gefunden. Und Dunne fühlte sich, als hätte der Adler seine Klauen in sie geschlagen!
Während des Gesprächs war sie unter ihrer Sonnenbräune ganz blass geworden.
Großmutter versuchte sie zu beruhigen: »Kümmere dich nicht darum, was Svante erzählt!«

Und Ella Frida sprang auf und bohrte ihren Blick in Svante. »Du lügst ja!«

»Das tu ich nicht!«, brüllte Svante. »Ich hab in meinem ganzen Leben noch nicht gelogen.«

»Jetzt lügst du schon wieder«, stellte Ella Frida fest.
Svante wurde so wütend, dass er fast anfing zu weinen.
»Großmutter …«, schrie er, »sag, dass es wahr ist! Du hast Wanda doch schon getroffen!«
Da klingelte Uffes Handy. Es hat einen Klingelton, der sich wie Hundebellen anhört.
»Wau! Wau!«, bellte das Telefon.
Hastig zog er es aus der Tasche und hielt es an sein Ohr.
»Wie nett«, rief er aus. »Willkommen! Willkommen. Wir sind in zehn Minuten am Anleger.«
Er beendete das Gespräch, drehte sich zu Dunne um und strahlte sie an.

»Das war dein Papa! Hab ich nicht gesagt, dass er sich meldet? Das Krankenhaus hat ihm Urlaub gegeben und jetzt ist er mit einem Taxiboot auf dem Weg hierher. Ich hole ihn mit dem Transportmoped ab.«

»Komm, wir laufen zum Aussichtsplatz und winken«, sagte Ella Frida und stürzte davon.

Svante rannte hinterher, aber Dunne blieb sitzen und starrte auf eine Fliege, die den leeren Kuchenteller umschwirrte.

Sie hatte also recht gehabt. Genau das hatte sie schon den ganzen Morgen im Gefühl gehabt. Etwas Furchtbares war passiert.

Bald waren Ella Frida und Svante zurück.
»Er kommt!«, johlte Svante. »Jetzt könnt ihr ihn selbst fragen, ob ich gelogen habe!«
»Genau das haben wir vor«, sagte Ella Frida. »Oder, Dunne?«
Sie verstummte und betrachtete Dunne, die wie gelähmt dasaß.
»Und wenn es stimmt, was Svante behauptet, dann knöpfen wir uns deinen Papa mal vor, oder, Dunne?«
»Was wollt ihr denn sagen?«, fragte Svante.

»Keine Sorge«, sagte Ella Frida. »Ich werde mit ihm reden und ihm klarmachen, dass er keine Freundin braucht, er hat ja schon eine. Wenn man eine Dunne hat, braucht man niemand anderen.«
»Und du meinst, das hilft?«
»Klar hilft das. Als Erstes schenke ich ihm eine kleine Blume zur Begrüßung.«
Ella Frida sah sich um und pflückte eine blaue Glockenblume.
»Du kannst ihm auch eine Blume schenken, Dunne!«
Aber Dunne blieb wie erstarrt sitzen.

Kapitel 6

Es dauerte nicht lange, da kam Uffe auf seinem Transportmoped angefahren. Auf der Ladefläche saß Dunnes Papa. Hinter dem Moped kam eine Frau den Hügel heraufgelaufen.

»Die Krankenschwester!«, rief Großmutter und stand erschrocken auf. »Musste er sie denn unbedingt mitbringen?«
Zuerst verstand Dunne nicht, was Großmutter meinte. War das eine Krankenschwester?
Sie sah gar nicht aus wie eine Krankenschwester, sondern trug ein Kleid, auf dem Tausende von Blumen waren. In den Händen hielt sie einen großen Karton mit einer Torte.
Sollten sie denn etwa noch eine Torte verputzen?

Uffe fuhr bis an den Tisch heran und half Gianni von der Ladefläche.
Plötzlich kam Leben in Dunne.

»Papa!«, schrie sie, stürzte auf ihn zu und warf sich ihm heftig an den Hals.

»Oh! Dunne, Liebe, vorsichtig«, bat Papa. »Ich falle sonst um.«

Aber schon waren Uffe und die geblümte Krankenschwester zur Stelle und halfen ihm sich zu setzen.

Dunnes Papa ließ sich auf den Stuhl sinken.
»Sooo!«
Er wischte sich die Stirn ab und sah sich um. Ella Frida ging zu ihm und reichte ihm die Blume.
»Willkommen auf unserer glücklichen Insel!«, sagte sie.

»Oh, vielen Dank!«, sagte Dunnes Papa. »Ich hab doch keinen Geburtstag, oder?«
»Nein, aber du hast eine Neue!«, sagte Svante. »Oder lüge ich?«
Dunne sah ihren Papa gespannt an. Aber er schien nichts zu hören.
»Amore!« Er wandte sich zu ihr um. »Komm, setz dich zu mir.«
Er zeigte auf den Stuhl neben sich.

Dunne ging zu ihm und setzte sich steif.

»Noch ein bisschen näher«, bat Papa und zog an ihr.

Dunne rutschte mit dem Stuhl einige Zentimeter näher zu Papa heran.

»Wie braun du bist!«, sagte er. »Du musst viel gebadet haben.«
Darauf brauchte Dunne nicht zu antworten, denn jetzt mischte sich Ella Frida ein.
»Ja, das hat sie. Und auch geangelt.«

»Was für Fische?«, fragte Dunnes Papa.
»Meist Barsche«, sagte Ella Frida, »aber du bist doch wohl nicht hergekommen, um über Fische zu reden, Gianni?«
»Nein, das bin ich nicht …«
Er drehte sich wieder zu Dunne um.
Selber war er kein bisschen braun. Er war weiß wie ein Laken und hatte Narben im Gesicht.
Dunne warf ihm einen verstohlenen Blick zu.

»Ich weiß, Dunne«, sagte er, als könnte er ihre Gedanken lesen. »Ich sehe schrecklich aus. Eigentlich sollte ich dich noch gar nicht treffen, aber ich konnte nicht mehr warten. Ich hab dich so furchtbar vermisst.«

»Warum hast du dann nicht angerufen?«, murmelte Dunne.

»Nicht angerufen? Das hab ich doch! Jeden Abend um sieben nach dem Essen.«

»Nein … gestern nicht!«

»Komm, Dunne«, sagte Papa. »Komm in meine Arme!«

Kapitel 7

Bis hierher hätte die Geschichte immer noch eine glückliche Wendung nehmen können.

Papa hätte sie in die Arme genommen, und alle wären zufrieden und froh gewesen. Jedenfalls für ein Weilchen.

Svante war schuld, dass daraus nichts wurde.

»Gianni«, sagte er in diesem Moment, »kannst du nicht endlich auf meine Frage antworten? Du hast doch eine Neue, oder?«

Und Ella Frida fing auch wieder an:

»Sag, wie es ist, Gianni! Du brauchst nur mit Ja oder Nein zu antworten.«

Aber Papa Gianni antwortete überhaupt nicht. Erst als Großmutter ihm einen vorwurfsvollen Blick zuwarf.

»Ja, also, es ist so ...«, begann er zögernd. »Ich habe jemanden getroffen, den Dunne sehr gern mögen wird, glaube ich ... Darf ich euch Wanda vorstellen?« Dunne riss die Augen auf. Das war also Wanda!

Wanda lächelte Dunne an, aber Dunne lächelte nicht zurück.
»Willst du Wanda nicht Guten Tag sagen?«, fragte Papa.
Dunne schüttelte den Kopf.
Wanda wurde rot und fing an in ihrer Tasche zu kramen. Sie holte ein Päckchen Zigaretten heraus.

Ella Frida zog die Nase kraus.
»Rauchen ist schädlich für die Gesundheit«, erklärte sie. »Das müsstest du wissen, du arbeitest doch im Krankenhaus.«
Schnell steckte Wanda das Päckchen wieder in die Tasche.
Ella Frida musterte sie kritisch und wandte sich an Dunnes Papa.
»Ich finde jedenfalls, du hättest zuerst mit deinem Kind sprechen müssen«, sagte sie.
»Warum hätte er das tun sollen?«, fragte Svante. »Stimmt was nicht mit Wanda?«
»Das siehst du doch selber!«, sagte Ella Frida. »Sie raucht.«
»Nur wenn ich nervös bin«, murmelte Wanda.
Da ergriff Großmutter das Wort:

»Entschuldigen Sie, Wanda, aber das kommt so unerwartet für Dunne! Seit dem Tod ihrer Mama hat sie allein mit ihrem Papa gelebt. Sie ist daran gewöhnt, sein Ein und Alles zu sein …«

»Das weiß Wanda«, unterbrach Gianni sie und streckte die Arme wieder nach Dunne aus, aber sie entwand sich ihm. »Bitte, Dunne, sag wenigstens Hallo.«

Dunne kniff die Lippen zusammen.

»Gianni! Es ist ganz egal, was du sagst«, erklärte Ella Frida. »Dunne wird Wanda nie Hallo sagen, wenn sie es nicht selber will. Und ich kann sie verstehen.«

»Ella Frida, nun halt endlich den Mund!«, sagte ihre Mama.

»Nein, das kann ich nicht!«, antwortete Ella Frida. »Jetzt, wo Dunnes ganzes

Leben zerstört ist. Es ist eine Katastrophe!«

»War es eine Katastrophe für dich, als ich Uffe kennengelernt habe?«, fragte ihre Mama.

»Das war was anderes«, sagte Ella Frida.

Dunnes Papa sank auf dem Stuhl zusammen. Wanda rührte mechanisch mit dem Löffel in ihrer Kaffeetasse.

»Möchte niemand die Torte probieren?«, fragte sie.

»Wir heben sie für später auf«, schlug Ella Fridas Mama vor.

Aber es gab kein Später, denn Dunnes Papa beschloss, dass sie nun zurückfahren würden.

»Es war dumm von uns, herzukommen«, gab er zu. »Sehr dumm! Besser, wir fahren zurück ins Krankenhaus. Möchtest du das, Dunne?«

»Ja, das will sie«, antwortete Ella Frida. »Siehst du nicht, wie traurig sie ist?«

»Wollt ihr euch nicht erst die Insel ansehen?«, fragte Uffe vorsichtig.

»Nein, wir fahren, sobald wir ein Taxiboot kriegen!«, sagte Dunnes Papa. Er richtete sich mühsam auf und telefonierte nach einem Taxiboot.

»Es kommt in zehn Minuten«, teilte er mit und drehte sich wieder zu Dunne um. »Du hast dich zwar geweigert Hallo zu Wanda zu sagen, aber vielleicht bringst du es jetzt über dich, Auf Wiedersehen zu sagen?«
Dunne verzog keine Miene.

Da verlor ihr Papa die Beherrschung. »Ich schäme mich für dich!«, polterte er los. »Hast du gehört, was ich sage? Ich schäme mich!«
Aber nun platzte Großmutter der Kragen.

»Gianni, jetzt reicht es«, sagte sie scharf. »Das Ganze hättest du uns ersparen können!«
»Was meinst du damit?«

»Das weißt du sehr wohl.«

»Dass ich Wanda mitgebracht habe?«

»Genau. Findest du nicht, dass das Kind genug Schlimmes durchgemacht hat? Es ist noch gar nicht lange her, da hätte sie fast ihren Papa verloren, und jetzt kommst du hier mit einer unbekannten Dame an und erwartest, dass Dunne sich freut! Ich finde, du solltest ihr nicht noch mehr zumuten. Komm, Dunja!«

So heißt Dunne eigentlich. Aber Dunja wird sie nur genannt, wenn es ernst ist.

Großmutter legte ihr den Arm um die Schulter und ging mit ihr zum Haus.

»Wartet!«, rief Wanda und lief hinter ihnen her. »So kann das doch nicht enden! Darf ich etwas sagen?«

Dunne blieb auf der Treppe stehen.

»Ich bin an allem schuld!«, sagte Wanda. »Es tut mir schrecklich leid, aber ich wollte dich so gern kennenlernen.«

»Das haben Sie ja nun«, sagte Großmutter unfreundlich. »Sie können sich ein andermal mit Dunne treffen. Falls es dann noch aktuell ist.«

Sie verschwand mit Dunne im Haus.
Wanda blinzelte eine Träne weg.

Ella Frida kam näher und musterte Wanda.
»Kinder können manchmal anstrengend sein«, sagte sie.
Aber als sie weiterreden wollte, griff Uffe ein:
»Halt! Jetzt reicht's.«

Das war das Letzte, was gesagt wurde.
Dann kam das Wassertaxi. Uffe half Gianni auf die Ladefläche des Transportmopeds und fuhr ihn zurück zum Anleger.
Wanda musste genau wie vorher hinterherlaufen.

»Sie hat nicht ein einziges Mal gelacht«, stellte Ella Frida fest, als sie verschwunden waren.

»Gianni hat ja auch keinen einzigen Witz erzählt«, brummte Svante. »Was wollen wir jetzt machen? Angeln gehen?«

Kapitel 8

Also gingen Dunne, Ella Frida und Svante angeln. Sie standen da und warteten, dass ein Fisch anbiss. Sie waren ganz still. Man muss still sein, wenn man angelt, sonst verscheucht man die Fische. Aber Svante kann nicht lange den Mund halten.

Schon bald versuchte er die düstere Stimmung mit einem Rätsel aufzuheitern.

»Was macht 999 Mal klick und ein Mal klack?«

»Ein Tausendfüßler mit einem Holzbein«, gähnte Ella Frida, denn das Rätsel hatte sie auf einer Eisverpackung gelesen.

»Welcher Hut passt auf keinen Kopf?«

Das Rätsel kannte Ella Frida auch, sie hatte es auf einer anderen Eisverpackung gelesen.

»Der Fingerhut!«

Dunne fand die Rätsel schnarchlangweilig.

In diesem Moment tauchte Uffe auf. »Komm, Svante«, sagte er, »du darfst mit meinem Busterboot Probe fahren.« Svante war begeistert und verschwand mit Ella Fridas Extrapapa. Erleichtert sah Dunne ihnen nach.

Sie mag ihren Cousin sehr, aber manchmal ist er ein bisschen gefühllos. Er versteht einfach nicht, wie es sich anfühlte, nicht mehr Papas Ein und Alles zu sein.

Das kommt wahrscheinlich daher, dass Svante keinen Papa hat. Nur eine Mama und eine Großmutter und einen Großvater. Und einen Wellensittich, der Tiger heißt.

Kapitel 9

Erst als Großmutter und Svante in die Stadt zurückgefahren waren, fing Dunne wieder an zu reden.

Sie saßen auf dem Anleger und schauten zu, wie die Sonne unterging.
Dort, auf dem äußersten Rand des Anlegers, sagte sie etwas, das sie noch nie gesagt hatte:
»Ich möchte so gern meine Mama wiederhaben.«
Und es war, als liefe eine Gänsehaut über die Wasseroberfläche.

»Ich möchte für jemanden Ein und Alles sein«, erklärte sie. »Verstehst du das, Ella Frida?«
»Du *bist* mein Ein und Alles«, sagte Ella Frida. »Schreib das in dein Buch!«

Sie meinte das Buch, das Dunne in der ersten Klasse geschrieben hatte: »Mein glückliches Leben«.
Aber die erste Klasse war zu Ende und Dunne wusste nicht, ob ihr Leben noch so glücklich war.
Übrigens hatte sie das Buch gar nicht mehr. Sie hatte es ihrer Lehrerin zum Schulabschluss geschenkt.

Ella Frida umarmte Dunne.

Aber das half nicht lange.

Sobald Ella Frida sie wieder losließ, war Dunne genauso unglücklich wie vorher.

»Das reicht noch nicht«, sagte Ella Frida.

»Ich glaube, ich muss etwas für dich hexen!«

»Hexen?«

»Warte mal eben.«

Sie lief zum Haus hinauf und kam mit einer Krähenfeder und einem Glas voll Brei zurück.
»Mund auf und Augen zu!«, befahl sie.
Dunne zögerte.
»Muss ich wirklich?«
»Ja, wenn du wieder glücklich werden willst«, sagte Ella Frida.
Dunne gehorchte und Ella Frida begann sie mit dem Brei zu füttern.
Erst schmeckte es komisch, dann nach Hafergrütze und dann schmeckte es nach Butter und Gurke.
Und nach Rosinen!

Als das Glas leer war, durfte Dunne die Augen öffnen.

Ella Frida hatte angefangen wie eine Katze zu tanzen, dazu summte sie ein eintöniges Lied und fuchtelte mit der Krähenfeder herum.

Sie bewegte sich immer schneller. Plötzlich zog sie Dunne hoch und brachte sie dazu, mitzutanzen.

Aber gerade als Dunne anfing Spaß daran zu haben, blieb Ella Frida ganz plötzlich stehen und stieß einen schrillen Schrei aus.
»So!«, keuchte sie. »Jetzt hat dein Papa keine Freundin mehr!«

Kaum hatte sie die Worte ausgesprochen, als oben im Haus die Tür geöffnet wurde und Ella Fridas Mama mit dem Handy winkte.
»Dunne«, rief sie. »Telefon für dich!«

Dunne lief so schnell, dass sie fast flog.

Kapitel 10

Es war Papa!

»Dunne, ich kann nicht schlafen«, jammerte er. »Ich bin so schrecklich traurig.«

»Ich auch«, flüsterte Dunne.

»Heute war alles falsch, so hatte ich mir das nicht vorgestellt.«

»Ich weiß«, sagte Dunne.

»Aber heute Nacht kannst du jedenfalls gut schlafen. Ich hab mit Wanda gesprochen …«

Papa räusperte sich und Dunne presste das Telefon fester ans Ohr.

»Ich habe ihr gesagt, dass es für mich noch viel zu früh für eine Beziehung ist.«
»Was für eine Beziehung?«

»Zu früh … für eine Freundin, meine ich. Ich werde nichts tun, womit du nicht einverstanden bist! Hauptsache, du wirst wieder fröhlich … Hörst du, Dunne? Bist du noch da?«

»Ja. Hauptsache, dass ich wieder fröhlich werde«, wiederholte Dunne.

Und so war es. Hauptsache, dass sie wieder fröhlich wurde.

Papa machte eine Pause. Dann sagte er: »Wanda ist natürlich traurig …«

»Sie findet bestimmt einen anderen, dessen Freundin sie sein kann«, sagte Dunne.

»Bestimmt«, sagte Papa. »Aber sie hat sich schon so viel Schönes ausgedacht, das ihr zusammen unternehmen könnt, während ich noch im Krankenhaus bleiben muss.«

»Was denn?«

»Eine kleine Reise zu ihrer Schwester Lisette. Die hat Islandpferde.«

»Auf Island?«

»Nein, aber in Eksund.«

»Liegt das in der Nähe von Island?«, fragte Dunne.

»Nein, in der Nähe von Norrköping.«

»Oh, Norrköping«, rief Dunne aus.

Denn in Norrköping wohnte Ella Frida ja, wenn sie nicht auf der Insel war.

»Du würdest dir das Pferd selbst aussuchen dürfen, das du reiten willst«, fuhr Papa fort.

»Ich hab doch Angst vor Pferden«, erinnerte Dunne ihn.

»Ich weiß, aber Islandpferde sind sehr lieb und klug.«

»Das findet Ella Frida auch«, sagte Dunne. »Warte kurz, Papa!«
Sie drehte sich zu Ella Frida um, die ihr gefolgt war und dicht hinter ihr stand.

»Möchtest du auf Islandpferden reiten?«, fragte Dunne. »Aber nicht auf Island.«
»Wo denn?«

»In der Nähe von Norrköping!«

Ella Frida nickte eifrig.

»Geht in Ordnung«, sagte Dunne zu Papa. »Aber nur, wenn Ella Frida mitkommen darf.«

»Das kann sie sicher«, meinte Dunnes Papa. »Wanda würde wer weiß was tun, um dich wiederzutreffen.

»Mich darf sie gern treffen«, erklärte Dunne. »Aber dich nicht!«

»Ich werde es ihr ausrichten«, versprach Papa.

»Aber denk dran, Ella Frida muss sich auch selbst ein Pferd aussuchen dürfen.«

»Klar. Was hältst du vom nächsten Wochenende? Dann würde Wanda euch abholen.«

»Ja«, sagte Dunne, »aber erzähl ihr, dass Ella Frida genauso nett ist wie ich! Nein, noch netter!«

»Ja, ich weiß …«

Papa räusperte sich.

»Vielleicht darf Wanda uns ja mal besuchen«, sagte er vorsichtig, »wenn ich wieder gesund bin, meine ich.«

»Dann kann sie aber nur mich treffen«, sagte Dunne.

»Wohin soll ich denn gehen?«

»Du kannst Großmutter und Großvater besuchen und Svante bei Mathe helfen.«

»Oder in die Garage gehen«, flüsterte Ella Frida.

»Oder in die Küche und Essen kochen«, schlug Papa vor. »Jetzt sagen wir Gute Nacht.«

Das Gespräch war zu Ende und Ella Frida kitzelte Dunne mit der Krähenfeder an der Nase.

»Es hat funktioniert«, sagte sie zufrieden.

»Was hat funktioniert?«, fragte Dunne.

»Das Hexenmittel!«

Kapitel 11

Dann war der Tag zu Ende.

Dunnes Papa hatte angerufen und sie hatten lange und gut miteinander gesprochen.

Als sie aufhörten, war der Himmel dunkel geworden und die Sterne funkelten.

Plötzlich sah es aus, als würde einer vom Himmel fallen und durch den Weltraum stürzen.

»Guck mal!«, rief Ella Frida. »Jetzt dürfen wir uns etwas wünschen! Was wünschst du dir?«

Dunne brauchte nicht lange nachzudenken. Sie hatte ständig drei, vier Wünsche auf Lager.

»Ich wünsche mir, dass ich meine Meerschweinchen mit in die Schule nehmen darf, wenn ich in die zweite Klasse komme. Und du?«

»Ich?«, sagte Ella Frida. »Ich weiß nicht. Wenn du bei mir bist, brauche ich nichts mehr. Du, mein Ein und Alles!«

Und ein vertrautes Gefühl durchrieselte Dunne. In ihr drinnen wurde es ganz hell. Es war das Glück, das gekommen war!

In diesem Augenblick war das Leben genau so, wie es sein sollte. Das Leben, wie Dunne es sich wünschte.

144 S., € 11,95 [D] / 12,30 [A]
ISBN 978 3 89565 239 4

Dunne zählt alle Momente, in denen sie glücklich war. Zum Beispiel, als sie in die Schule kam. Oder als sie Ella Frida kennenlernte und die ihre beste Freundin wurde. Doch dann zieht Ella Frida weg. Einfach so! Aber Dunne lässt sich nicht unterkriegen.

»Das ist Kinderglück für uns alle!«
Ute Wegmann,
Deutschlandfunk

128 S., € 11,95 [D] / 12,30 [A]
ISBN 978 3 89565 269 1

Eigentlich hat Dunne ein glückliches Leben. Meistens jedenfalls. Momentan aber wird sie von Vicki und Micki aus ihrer Klasse gepiesackt. Wenn nur Ella Frida, ihre beste Freundin, nicht weggezogen wäre!

»Das schwedische Kinderbuch hat eine neue, tolle Heldin – Dunne!«
DIE ZEIT

128 S., € 11,95 [D] / 12,30 [A]
ISBN 978 3 89565 299 8

Als Dunne morgens zur Schule gegangen ist, war noch alles wie immer. Aber dann wird ihr Papa von einem Auto angefahren und ihre Welt gerät ins Wanken. Doch Dunne gibt nicht auf.

»Lange nachwirkend, sensibel erzählt und berührend – ein tolles Kinderbuch.«
Borromäusverein

160 S., € 11,95 [D] / 12,30 [A]
ISBN 978 3 89565 349 0

Ella Frida ist unglücklich. Das spürt Dunne sofort, als die beiden sich zufällig auf einem Klassenausflug treffen.

»Rose Lagercrantz versteht es wie kaum eine andere, sich in das Denken für Kinder einzufühlen, in die Freude, aber auch die Sorgen und täglichen Probleme.«
Kölnische Rundschau

192 S., € 12,95 [D] / 13,40 [A]
ISBN 978 3 89565 369 8

Dunne will unbedingt Ella-Frida besuchen, denn die hat Geburtstag. Also fährt sie zu ihr – mit dem Zug. Ganz allein. Geht das gut?

»Kaum hat man die erste Seite gelesen, muss man die neuen Erlebnisse von Dunne bis zur letzten Zeile verschlingen.«
Thomas Linden,
philosophie Magazin

232 S., € 12,95 [D] / 13,40 [A]
ISBN 978 3 89565 390 2

Endlich wollen Dunnes Papa und Wanda heiraten! Die Hochzeitsfeier soll in Papas Heimat Italien stattfinden. Dort angekommen, verrät Wanda Dunne ein großes Geheimnis ...

»So eine Freundschaft wünscht sich jeder!«
Kristina Dumas,
Deutschlandradio Kultur